Furkan Yildiz
Havannas Flüchtige Bekanntschaft

AF217247

Für Ela und Selim

Furkan Yildiz

Havannas Flüchtige Bekanntschaft

Vom Zigarrenrauch zur Erkenntnis

tredition

© 2023 Furkan Yildiz

Druck und Distribution im Auftrag des Autors:
tredition GmbH, Heinz-Beusen-Stieg 5, 22926 Ahrensburg, Germany

ISBN Softcover: 978-3-384-03232-4
ISBN E-Book: 978-3-384-03233-1

EINS

Es war ein wundervoller Abend, ein solcher Abend, wie er nur in Havanna zu solcher Perfektion gelangen konnte. Unter dem hell changierenden Sternenzelt stieg, dampfend und sedativ wirkend, der Zigarrenrauch durch die blauvioletten Blütenrispen des Blauglockenbaums ästhetisch den Nachthimmel empor. Ein malerischer Anblick, dessen pittoreske Wirkung einem Auge besonders entgegenkam. Die Augen, enthusiastisch und vor Begeisterung glühend, die solch ein namenlos rührendes Oeuvre perzipierten, waren Augen eines jungen und lebhaften Mannes aus London; sein Name war Brooks. Er reiste in die Ferne, wagte sich das Fremde kennenzulernen und in Havanna, während der Flucht vor der Umtriebigkeit Londons, stellte er erstmalig konsterniert etwas fest, etwas, das eigentlich keine Feststellung, sondern eine beständige Selbstverständlichkeit sein sollte. Im Verlauf seiner Reise standen sich das Fremde, das Unvertraute und Brooks wie zwei gegensätzliche Kolonnen gegenüber, zwischen denen keine Intervention möglich war. An diesem Abend triumphierte jedoch dieses sonderbare Unvertraute, versprach früher oder später die Flucht in eine phantastische, sonderbare Gefühle und bewegte Herzen hervorbringende, heitere, in Nebelschwaden endende, grenzenlose Welt.

Es war ein wunderbarer, ein berauschender Abend, an dem beglückende Düfte wehten, grell scheinende Sterne am Himmel tobten und etwas Geheimnisumwittertes zum Vorschein kam. Unter dem hell flimmernden Abendstern kam ein sonderbarer Geruch, ein verströmender Wohlgeruch zum Vorschein. Es war ein Duft von warmer Stille, verbale Töne von Lorbeer und Lavendel beinhaltend, eine Melange von Eichenholz und waldigem Zedernholz hervorzaubernd, der über der Stadt schwebte; es war ein Strauß voller Düfte. An jenem

Abend sah Brooks einen vornehmen, älteren Mann, der einen weißen, wohl gepflegten Rauschebart trug, mit einem abgetragenen, weißen Hemd bekleidet war, sinnlich seine Zigarren rauchte und in Brooks eine Gemütsbewegung hervorbrachte, die ihm selbst noch unbekannt war. Es war ein solcher Mann, für den man sich auf den ersten Blick, schlagartig, bevor man überhaupt ein Wort zu hören bekam, begeistert interessiert hatte. Brooks war anfangs nicht in der Lage, zu verstehen, was ihn an diesem Anblick frappierte, doch in jener Nacht entschloss sich ein junger Mann aus London erstmals diese Ungewissheit zu durchleuchten. Er ging mit gewagten und langsamen Schritten auf den älteren Herrn zu und sah, aus der Nähe betrachtet, einen Mann, der in sein eigenes Ich vergraben war und sich von der Nacht abgrenzte.

Es waren nur einzelne Schritte, gewisse Augenblicke, eine Annäherung, die diese wundervolle Besonderheit des älteren Herrn definierten. Was ihn dermaßen begeisterte und seine Neugier beflügelte, war diese unbekannte

Behaglichkeit und Ruhe, die dieser ältere Herr ausstrahlte. Eine Haltung, mit der Brooks aus dem rastlosen und überstürzten Leben Londons nie in Berührung kam. Noch während er über die neuartige Empfindung sinnierte, schauten sie sich für einen flüchtigen Augenblick an; heitere, neugierige Augen trafen auf betrübte, leere Augen. Der gleißend helle Mond spiegelte sich blendend in den leeren Augen des älteren Herrn. Es waren beinahe bis zu zehn Minuten vergangen, als der alte Herr ihn nach einer langen und für Brooks ewig anhaltenden, leicht gewollten Ignoranz bemerkte, gähnte, seine Arme dehnte und Brooks schließlich einen Hauch seiner Aufmerksamkeit schenkte. Der junge Mann aus London bemerkte dies und suchte abrupt das Gespräch auf, da der ältere Herr ehrlich und eindeutig zu erkennen gab, dass er an einem Gespräch nicht besonders interessiert war. Brooks, rastlos und voller Unruhe, verdeutlichte dem Herrn, dass er eine Haltung besitze, die er zuvor nie erlebt habe, und wissen wolle, wie man eine solch behagliche Fassung zum Vorschein bringe. Sein Gegenüber zog erneut an der Zigarre und nachdem er den Rauch kunstvoll dem Nachthimmel entgegen geraucht hatte, schaute er Brooks in die Augen, der wie ein kleines, süßes Kind, das sehnsüchtig auf eine Antwort wartete, neben dem Opa stand. Wortlos sah er den älteren Herrn an, weiterhin mit derselben Begeisterung, begleitet von der Entdeckung, die sein Gemüt frappierte.

>> Semper Fidelis <<, begann der ältere Herr mit sanfter Stimme nach einer andächtigen Stille.

>> Treue gegenüber den Mitmenschen? <<, fragte Brooks mit glühenden Augen.

Der ältere Herr antwortete vorerst nicht, sondern zog sinnlich an seiner Zigarre und ließ den Rauch in den Nachthimmel Havannas steigen. Brooks stellte erneut die Frage.

>> Nein, das meint Semper Fidelis nicht. Treue sollte eine Tugend sein, eine Tugend, die unsere Mitmenschen erfahren <<, sagte der ältere Herr plötzlich, indem er nichts in seiner Umgebung beäugte.

In dem Rausch seines Genusses gefangen, ruhig und

langsam rauchend, bat der ältere Herr Brooks, sich doch neben ihm zu setzen. Die Zigarre war zu diesem Zeitpunkt bis zur Hälfte geraucht.

>> Junger Mann <<, fuhr der ältere Mann, sich geraderichtend, fort: >> Treue zu erfahren ist pures Glück. Auf Glück sollte man sich nicht verlassen. Semper Fidelis meint die grenzenlose Treue gegenüber den Träumen und Zielen, die in ihrer Gegebenheit und ihrer Wirkung mannigfach sind, uns lebendig halten, die Kindheit formen, die Jugend beflügeln und die Zukunft eines Menschen beseelen können. <<

Es war eine Antwort, die einem Manuskriptausschnitt nahekam, mit unerschütterlicher Gewissheit und unbegrenzter Zuversicht gegeben wurde, eine tröstliche Stille hervorrief und zwei Wesen, auf dem Bürgersteig sitzend, für einen Augenblick verstummen ließ. Brooks konnte nicht ahnen, dass diese Antwort eine Geschichte, einen handgeschriebenen Brief, ein freundliches Lebewohl und wertvolle Erinnerungen mit sich brachte. Die Erinnerungen des älteren Mannes waren eine Pinakothek, dessen farbenprächtige, düsteres und zugleich heiteres Kolorit aufzeigende Gemälde keiner betrachten konnte und die außer ihm keiner betrat. Nach einer anhaltenden Stille fragte der ältere Herr unwillkürlich und mit einem forschenden Blick, was der Traum von Brooks sei.

>> Ich möchte als Taxifahrer durch die Städte reisen. Ein Fahrer wie einst mein Opa; ein Mann, der durch seine Euphorie und sein andauerndes Lächeln gekennzeichnet war. Voller Frohsinn erzählte er uns von seinen Erlebnissen <<, sagte Brooks mit einer glücklichen Empfindung.

Brooks wusste nicht, dass er − früher oder später − der erste sein würde, der die Gemälde der Erinnerungen nicht nur sehen, sondern auch mit sich tragen würde. Wie jeder vor der Hastigkeit Londons fliehende Mensch war Brooks äußerst glücklich und von einem herzerfrischenden Gefühl geprägt, da er an diesem Abend in einem älteren Herrn seine Zuflucht gefunden hatte. Es war merkwürdig, dass das fremde, vom Zigarrenrauch ummantelte Havanna sich als ein Zufluchtsort auszeichnete und nicht seine eigene Heimat. Die Rasanz seiner Heimat, die Unruhe der Stadt und das Eilen ohne Ziel hatten in der Seele des jungen Mannes bleischwere Abdrücke hinterlassen. Abdrücke, die sich nach behaglichem Licht, angenehmer Stille, zweifelloser Verschwiegenheit und lautlosen, von funkelnden Sternen besetzten Nächten sehnten, unter deren Himmel ein Hauch von innerer Freiheit wehte. Ausgerechnet in diesem sonderbaren Augenblick spürte Brooks, wie sich das Abschiedswort näherte, der ältere Herr letztmalig an seiner Zigarre schmauchte und die glimmende Asche, die wie ein Leuchtkäfer in der Abenddämmerung leuchtete, abfiel.

Der ältere Herr stand, sich an Brooks abstützend, vom Bürgersteig auf, entfernte den Staub an seiner Hose und blickte Brooks in die Augen. In diesem Flügelschlag von Momenten fühlte Brooks, dass die Augen des älteren Herrn eine unbeschreiblich emotionale, bedrückende, doch zugleich zutiefst vertrauliche Geschichte in sich trugen, etwas, das schwer in Worte zu fassen war. Während Brooks sich in seinen Gedanken verlor, hörte er, wie der Opa, ihm fortwährend in die Augen schauend, seine Stimme erhob und sagte, dass Brooks ein edles Herz besitze.

>> Ein Herz, dem Geschichten anvertraut werden können <<, flüsterte er leise vor sich hin.

Völlig fasziniert, verlor sich Brooks in den Augen, die im Antlitz zum Vorschein kamen. Er sah in diesen Augen eine trostlose, leblose Leere; das Bedürfnis, etwas Verschwiegenes zu offenbaren, wurde sichtbar; die Sehnsucht, die Augen zu schließen, war nahezu greifbar. Die Augen waren von solch einer Leere ausgeschmückt, dass Brooks sein eigenes Spiegelbild in diesen sehen konnte. Verwirrung und der Wille nach Gewissheit flogen ihn an und vor lauter Verwirrung vermochte er nicht, seine Stimme zu heben, und blickte ihn lautlos an. Aber gerade in diesem Augenblick, als in Brooks der kleine Funken vom Mut aufkam, um die Ungewissheit bezüglich dieser Augen zu beseitigen, reichte der ältere Herr ihm die Hand und verabschiedete sich mit kubanischer

Grandezza.

>> Auf Wiedersehen <<, sagte der ältere Herr wehmütig und mit einem zarten Lächeln.

Für Brooks blieb vieles unausgesprochen und in den Augen verrätselt, doch mancher Abschied muss erst geschehen, um eine erneute Bekanntschaft zu schließen.

ZWEI

Seit jener Nacht sind etliche Jahre vergangen, Jahre, die durch Erlösungen und Selbstbefreiungen gekennzeichnet waren. Brooks versuchte ein Leben voller Bescheidenheit zu führen, denn er war ein anspruchsloser Mann, der solch ein Leben zu führen versuchte, dass größtenteils seiner eigenen, seltenen Natur entsprach. Das Einzige, was ein Mann seiner Art zu begehren vermochte, war die Fahrt, eine Fahrt, die durch die Straßen Londons führte und seine Haare im Wind wehen ließ. Dieser Zustand führte schließlich dazu, dass er der festen Überzeugung war, dass kein Beruf seiner Passion würdig sei.

Er war alles andere als faul oder unklug, viel mehr wehrte er sich, Tätigkeiten nachzugehen, die ihn nicht mit einer heiteren Gemütsstimmung besetzten. Ein Zustand, der den Vater von Brooks zutiefst plagte. Der Vater erarbeitete sich als Bankier ein imposantes Vermögen und ein gewichtiges Ansehen in seiner Gesellschaft. Schon in jüngeren Jahren kam der Vater allabendlich mit strahlendem Gesicht auf seinen Sohn zu, öffnete seine gefüllte Brieftasche, fing an, vor Freude die Hände reibend, seine buntfarbigen Scheine durchzuzählen und versicherte ihm mit einem geheimnisvollen, strengen Blick, dass er der Junge sei, der seinen Posten übernehmen werde.

Es war kein väterlicher Blick, nein, sondern ein kollegialer Blick, ein Blick für einen Bankgenossen, den Brooks in dem Antlitz seines Vaters sah. Brooks wusste nie, was sein Vater in ihm sah oder für ihn verspürte. Was Brooks wusste, war, dass sein Vater, verbissen und eisern, das Ziel verfolgte, aus seinem Sohn einen Bankier zu machen, doch Brooks, der von den Erzählungen seines Opas fasziniert war, versuchte, streitend und diskutierend, so früh wie möglich zu betonen, dass er sich nach etwas anderem sehne. Falls Brooks mit ihm zu diskutieren versuchte, wiederholte der Vater andauernd das, was er ohnehin schon wusste. Seine Ansprachen bestanden nur aus leeren Floskeln; statt sich zu erklären, beweihräucherte er seinen Job. Der Vater, dessen Finesse und Scharfsinn nahezu keiner aus der Stadt gewachsen war, versuchte stets, seinen Sohn von seiner Tätigkeit zu überzeugen. Er legte ihm nah, einen Beruf zu ergreifen und fortzuführen, der ihm ein besonderes Ansehen in der Stadt verspreche. Doch trotz aller Bemühungen seines Vaters erklärte Brooks ihm, dass der Weg, den er für seine Person geebnet habe, nicht der Weg sei, den er bestreiten werde. An dieser Gegebenheit konnten die Persuasion seiner geschickten Mutter und die Suada seines Vaters nichts ändern. Der Vater war zutiefst entrüstet; für ihn war eine Welt, die Welt, die er für seinen Sohn bereitstellte, zusammengebrochen.

Die Scherben der Verzweiflung waren in seinem Blicken sichtbar. Nach dieser großen Enttäuschung war der Vater von einer gewaltigen Willensschwäche geprägt und war bei den folgenden Näherungsversuchen eher zaghaft. Doch nach gefühlt unendlichen Versuchen und Elogen gelang es dem Vater, seinen Sohn davon zu überzeugen, dass dieser Job für ihn der einzig Richtige sei. Nachdem der Vater es geschafft hatte, die prunkvollen Anzüge eines Bankiers und das ansprechende Gehalt ins rechte Licht zu rücken, war Brooks erstaunlicherweise überzeugt und beeindruckt von den Tätigkeiten im Bankenwesen. Ein so eigenwilliger und keiner Beratung zugänglicher Mann wurde letztlich schwach und ließ sich von familiären Schmeicheleien richten. War es denn für solch einen jungen Mann möglich, dieser Lobhudelei der Familie zu entkommen? In diesem Gedränge von Bewunderungen rückte Brooks sich, trügerisch und illusorisch, selbst ins rechte Licht.

Er wurde von seinem Vater geprüft und ohne Fehl befunden. Jeder Tag war ein emsiger und betriebsamer Tag für Brooks. Nachdem er sich seine Sporen verdient hatte, bestand er bitterernst darauf, sich mit weiteren Angelegenheiten zu befassen, die ihn in seiner Tätigkeit fördern könnten.

Brooks entwickelte eine große Leidenschaft, eine täuschende Passion, für die er den höchsten Preis eines

Menschen, die Zeit, bezahlen würde, und das für Geldnoten und Zahlen. Er entwickelte sich buchstäblich zum Abbild seines Vaters.

Selbst das Frühstück war identisch: ein Glas Orangensaft, eine mundende Scheibe Käse und ein Stück Brot. Im Laufe der Zeit als Bankier bemerkte Brooks jedoch, dass diese passionierte Bereitschaft nicht mehr zum Vorschein kam. Er merkte, wie sich aus der großen Leidenschaft eine schwerwiegende Entkräftung entwickelte, eine Entkräftung, die selbst von den Straßen, die zu der Bank führten, ermüdet war. Brooks befand sich in einem Zwiespalt, der seine Seele plagte.

In dieser einen Nacht war der Schlaf von einer nie zuvor bekannten Unruhe geprägt; es war schon zu spät, sich für die Arbeit vorzubereiten, als Brooks nach einem quälenden Schlaf erwachte. Er war von dieser plagenden Ermüdung und der inneren, aufsteigenden Sehnsucht so erschöpft, dass er sich danach sehnte, sich wenigstens für diesen einen Moment nicht in der Bank wiederzufinden, und so blieb er, ohne an die Pflicht seiner Arbeit denkend, auf dem Bett liegen. Er realisierte, dass er seit geraumer Zeit mit sich selbst nicht im ehrlichen Ton sprach, sich nicht seinen Träumen widmete, sondern an seiner Tätigkeit irrsinnig wurde. Ein schwankender Zustand, der nicht von einem Sturm oder Ähnlichem ausging, sondern von seiner trügerischen Zufriedenheit. Noch während der junge Bankier regungslos im Bett lag, versuchte Brooks in seinen Gedanken zu fliehen und fand seinen Anhaltspunkt in der Vergangenheit. Er erinnerte sich, lächelnd und entzückend, an die Worte des älteren Herrn. Brooks wusste, dass die Zeit gekommen war, die Banknoten aus der Hand zu legen und das Lenkrad in die Hand zu nehmen. In der Bank wurde Brooks reich an Geld, doch bankrott an Träumen.

DREI

In der sanften Luft des Frühherbstes fuhr Brooks, genießend und beglückend, durch die Straßen Londons, da
Brooks nicht mehr auf dem Weg war, um den idealisier-
ten Job seines Vaters nachzugehen, sondern Menschen
von einem Ort zum anderen zu chauffieren; er war nun
Taxifahrer. Es waren dieselben Straßen und Gassen, der-
selbe Verkehr, die langen und nie endenden Reihen von
Läden und Gehwegen mit den alltäglichen Spaziergän-
gern, deren Gesichter für Brooks nach einer bestimmten
Zeit mehr bekannt als fremd waren. Er war ein vor Leidenschaft glühender Taxifahrer, dessen Autoschlüssel in
der Hosentasche dauernd klirrten. Er fuhr ununterbro-
chen durch die Straßen Londons, als gäbe es kein
Morgen. Während seiner Tätigkeit als Taxifahrer entwickelte er ein großes Verlangen nach Kommunikation mit
seinen Mitmenschen, dabei schien es ihm gleichgültig,
wer in das Taxi einstieg. Sei es der Arbeitslose, der über-

raschenderweise Geld in Hülle und Fülle besaß, die veilchenblauen Studenten, die den Alkoholkonsum nie in Maßen halten konnten, und die älteren Herrschaften, die, sich stets über die heutige Jugend beschwerend, von ihrer Vergangenheit erzählten; Brooks erlebte und durchstand die größten Teile seiner Gesellschaft. Er war in seiner Tätigkeit sogar dermaßen fortgeschritten, dass er nach dem Aussehen exakt beurteilen konnte, welche Person mit welchen Absichten in sein Taxi einstieg.

Brooks erinnerte sich gerne an die Gespräche mit jenem Geschäftsmann, der es beabsichtigt hatte, jeden Dienstagvormittag von seiner Wohnung abgeholt zu werden. An diesen Tagen sah Brooks fortwährend einen Mann, der sich das Hemd bis oben zuknöpfte, seine Haare, den Seitenscheitel zur Geltung bringend, im Taxi richtete und die frisch publizierten Zeitschriften bezüglich des Finanzwesens parat hatte. Ihre Gespräche zeichneten sich durch großen Sinn an Humor aus. Auf die Frage, ob der Geschäftsmann es eilig habe, sagte dieser stets leicht hohnlachend: >> Die großen Männer eilen ihrer Zeit voraus und die Narren stellen sich ihr entgegen. Falls du kein Narr sein möchtest, solltest du Gas geben. <<

Nicht nur eilende Geschäftsleute wurden von ihm mit peinlicher Behutsamkeit studiert, sondern auch der restliche Teil der Gesellschaft. Die Bewohner, außerhalb der Innenstadt wohnend, zeichneten sich durch ihre in das Auge stechende Herzensgüte und die wohltuenden Begrüßungen aus, die bei den Bewohnern der Innenstadt nicht fortwährend gängig waren. Neben den fehlerfreien Beurteilungen und Fahrten durch die von verschiedensten Bäumen gesäumten Boulevards und humorvollen Gesprächen begnügte sich Brooks auch mit den Bekanntschaften, die durch ihre Vertrautheit zum Vorschein kamen.

Eine dieser Bekanntschaften war jene mit einer jüngeren Dame. An einem Herbstabend, als das Abendrot erlosch, der strahlende Mond sich wie eine Sichel zeigte und der Regen auf die Frontscheibe rieselte, versuchte Brooks, erschöpft und sich im Halbschlaf befindend, während im Radio im leisen Ton die Nachrichten liefen, eine kurzzeitige Ruhe zu genießen. Während seines Halbschlafs näherte sich eine schlanke, ranke Dame im zügigen Schritt. Im strömenden Regen stehend, klopfte sie an der Fensterscheibe; es war ein hektisches Klopfen.

>> Wie mitleidlos kann eine Seele nur sein, dass man einen ruhenden Mann im Taxi weckt <<, rauschte es durch seinen Kopf, während er das Radio leiser stellte und die Dame in das Taxi einsteigen ließ.

Bevor die Dame einstieg, packte sie ihre Tüten mit Einkäufen in den Kofferraum. Als sie dann in das Taxi einstieg, die Adresse gab und sich auf dem Rücksitz anschnallte, bemerkte Brooks überrascht, wie eine weitere Tür aufging und auf dem anderen Sitz ein liebliches Kind Platz nahm.

Es war die Tochter. Brooks sah, in den Rückspiegel schauend, eine junge Mutter und ihre Tochter, die gemeinsam hellbraune, feine Haare hatten und zwei Antlitze, die mit grünen Augen geschmückt waren. Die Tochter war ihrer Mutter wie aus dem Gesicht geschnitten. Brooks nahm einen kräftigen Schluck von seinem Kaffee, dann erst, sich besinnend, wusste er, wohin die quirlige Dame gefahren werden wollte. Während der ganzen Fahrt schaute er in den Rückspiegel und sah, wie sehr diese Dame von einer Ruhelosigkeit geplagt war; eine Ratlosigkeit, die nur bei von Sorgen und Erschwernissen geplagten Müttern zum Vorschein kam.

Sie fuhren durch die Straßen im tristen Nieselregen. Brooks bot der Tochter ein noch im Handschuhfach liegendes Bonbon an, das sie mit einem breiten Lächeln annahm, schaute erneut auf die junge Mutter und verspürte erneut solch eine Neugierde und den Willen nach Aufklärung, dass er, sich der gegebenen Adresse nähernd, anfing, mit der Dame zu sprechen. Sie war zunächst befangen und im Schweigen gehüllt, doch nach einem knappen Wortwechsel schaffte es Brooks, dass in ihrem Gesicht ein zartes Lächeln hervortrat; die anfangs schüchterne Dame fing an sich zu öffnen und erzählte Brooks, was sie bekümmerte und in einen Tiefschlag versetzte. Das Leben der jungen Mutter bestand aus einer zeitlosen und ernüchternden Jugend, da die Dame selbst, vom verschwundenen Buhlen ihrem Schicksal überlassen, 23 Jahre jung war. Der Buhle, schon in der Vergangenheit nicht vertrauenswürdig, gab der jungen Mutter außer der Tochter, die einen unaussprechlichen Wert besaß, nichts außer dem Gefühl der Befangenheit und unendlichen Sorgen. Von der einen Gelegenheitsarbeit zur nächsten eilend, um das finanzielle Wohl der Tochter zu gewährleisten, war sie bereit, selbstlos, ihre Blütezeit des Lebens aufzugeben und uneigennützig für das Wohl der Tochter zu handeln. Es war eine Bereitschaft und ein Zeichen von bedingungsloser Liebe, eine Liebe, dessen Geschichte niemals enden wird; es ist die Mutterliebe.

Als Brooks am gewünschten Ort der Dame ankam, kam in ihm ein Gefühl von reiner Verpflichtung zum Vorschein; er fühlte sich dazu gezwungen, frei von Erwartungen oder Anerkennungen, der Dame einen gewissen Geldbetrag zu übergeben. Als er sie darum bat, diesen Geldbetrag bitte anzunehmen und er ihr versicherte, dass er sie nicht aus dem Taxi aussteigen lassen werde, ehe sie diesen Betrag nicht annehme, meinte die Dame, schockiert von solch einer Geste, dass sie es nicht akzeptieren werde. Brooks bemerkte, dass keine Worte dazu imstande waren, solch eine entschlossene und hartnäckige Dame von seinem Vorgehen zu überzeugen.

>> Vergessen Sie ihre Tüten nicht <<, sagte er mit gedämpfter Stimme.

Als die Mutter ausstieg, um die Tüten aus dem Kofferraum zu nehmen, nutze Brooks diesen Moment aus und steckte, zwinkernd und lächelnd, das Geld in die Hosentasche der Tochter.

>> Bleibt unser kleines Geheimnis <<, flüsterte er ihr zu.

Die Tochter nickte mit strahlendem Gesicht und einem wonnigen Lächeln. Als Mutter und Tochter Hand in Hand voranschritten, bemächtigte sich ein sonderbares Gefühl von Wohlbehagen Brooks völlig. Es war ihm, als ob er sich selbst einen Gefallen täte. An solchen Tagen wurde ihm bewusst, warum sein Opa, der ebenfalls von einer Kaffeesucht geprägt war, glühend vor Begeisterung über die Tätigkeit als Taxifahrer sprach. Er erzählte fortwährend, dass es nicht die von verschiedensten Bäumen und Pflanzen geschmückten Boulevards seien oder der Segen, jede Straße dieser Metropole zu kennen, nein, was diese Tätigkeit dermaßen beflügelte, waren die gewichtige Spuren hinterlassenden, flüchtigen Bekanntschaften.

VIER

Flüchtige Bekanntschaften sind etwas Seltsames und Sonderbares. Sie können, ohne dass wir es merken, ein Fragment unserer eigenen Geschichte sein. Zu der Zeit, als in Brooks die Sehnsucht nach etwas Bestimmtem, für ihn jedoch nicht genau Erklärbarem, stieg, erlebte er noch scharenweise flüchtige Bekanntschaften, Bekanntschaften, die ihm das unbekannte Terrain seiner Gefühle aufzeigten. Eine dieser Bekanntschaften war jene mit Herrn Kowalski; ein alter Herr, der mit gewaltigem Lebensmut und einem Koffer voller Hoffnung aus Polen nach London reiste, um als Arbeitsmigrant ein Leben zu führen, das nicht mit Umständen der Dürftigkeit versehen war. Was ihm nicht bewusst war, war, dass ferne Reisen große Lügen verbergen können. Die Reise Herrn Kowalskis war letztlich eine Reise ohne Ankunft. Die Hoffnungsfunken, die einst sein Gemüt entfachten, erloschen. In dem Gefühl von äußerstem Hochmut begab sich der ältere Herr auf eine Reise, die seine pekuniären

Verlegenheiten in Vergessenheit bringen sollten, doch im Hochgefühl seines Tatendrangs bemerkte er nicht, dass sein Wille nach zeitloser Arbeit unerwartete Folgen mit sich brachte, Folgen, die sein Leben gewaltig beeinflussten. Kowalski wurde reich an Geld, jedoch entmachtet, der körperlichen Schwäche ausgeliefert. Von immensen Schmerzen geplagt, sich indisponiert fühlend, sah sich der einst so eifrige junge Mann aus Polen gezwungen, der Geschichte des nimmer endenden Arbeiters ein Ende zu setzen. Der altersschwache, senil gewordene und sich nur noch schwer fortbewegende Mann war nun auf das Taxi angewiesen. Seinem Bonmot zufolge machten das harte Arbeiten und der Weg zum Mannsein einen nur einsam, führten in ein Taxi und stärkten die Sehnsucht nach der sorglosen, freien Kindheit.

An einem Aprilnachmittag, der von angenehmer Hitze geprägt war, bestellte Herr Kowalski, wie es das Schicksal so wollte, ein Taxi zu seinem Wohnort. Herr Kowalski wohnte etwas abseits von London. Brooks, jahrelang durch Londons Straßen fahrend, hörte die Ad-

er bei älteren Damen und Herren stets großes Verständnis. Nachdem die sich ewig anfühlenden fünf Minuten verstrichen waren, hupte Brooks, damit Herr Kowalski verstand, dass sein bestelltes Taxi angekommen war, doch von dem Herrn aus Polen war keinerlei Sicht. Voller Ruhe wartend und erneut hupend, fand es Brooks sonderbar, wie man ein Taxi in solch eine verlassene Gegend bestellen und nicht beizeiten erscheinen konnte. Allmählich ertrug er es nicht länger, besonnen im Taxi zu weilen, nahm seinen Kaffee in die Hand und ging, während es im Laufe der Wartezeit schon dunkel wurde und nur einzelne Straßenlaternen etwas Licht auf die Straßen warfen, im leicht zügigen Tempo auf und ab. Im schwachen Licht der Laternen stehend, genervt vom endlosen Warten, ging Brooks näher auf das Haus zu. Er bemerkte, dass zwischen den faden und unansehnlichen Grünflächen, den betagten, nahezu verlassenen und in Vergessenheit geratenen Häusern, das Haus von Herrn Kowalski pompös und edel, nahezu fürstlich ausgestattet war. Die baufälligen, von Dreck und Schmutz besiedelt daliegenden Häuser erzeugten eine düstere Atmosphäre, die abrupt beim Anblick des fein und exquisit gestalteten, der Renaissance-Architektur ähnelnden Hauses verschwand. Das stürmische Wetter hatte kein Ende in Sicht; herabstürzende Dachziegel, die Fenster knallten auf und zu und Äste flatterten im Sturm durch die Gegend. Die Verwirrung in ihm aufsteigend, klopfte Brooks zunächst, der Höflichkeit entsprechend, sanft an der Tür. Kaum als er das zweite Mal an der Tür klopfen wollte, hörte er schwere Schritte und eine tiefe Stimme, die sagte: >> Ich bin sofort da. <<

Neben den schweren und langsamen Schritten hörte Brooks, wie ein Gehstock als Stütze genutzt wurde. Er erwartete einen mürrischen Misanthropen, während sich Herr Kowalski der Haustür näherte. Au Contraire!

Man sah einen fein gekleideten, Pläsier ausstrahlenden Mann, dessen blau karierter, eleganter Anzug von einer pompösen Krawatte und einem bequem aufgesetzten Filzhut ergänzt wurde. Er trug einen äußerst schönen, an manchen Stellen grau werdenden Schnurrbart, einen

Slawenhaken, der nicht nur äußerst dominant wirkte, sondern ihm auch selbst etwas Edelmännisches verlieh. Brooks griff ihm unter die Arme und half ihm, in das Taxi einzusteigen; der Opa atmete schwer. Gerade als Brooks die Fahrt zu beginnen vermochte, begann Herr Kowalski vergeblich in seinen Hosentaschen etwas zu suchen. Er habe sein Geld auf der Kommode liegen lassen. Er reichte dem Taxifahrer die Schlüssel seiner Wohnung und bat ihn, sein Haus zu betreten, um das Geld zu entnehmen. Brooks nahm die Schlüssel und ging auf das Haus zu. Er schloss die Tür auf, zog, aller Höflichkeit entsprechend, seine Schuhe aus und nahm das Geld. Brooks konnte es jedoch nicht unterlassen, sich für einen flüchtigen Augenblick das Haus von innen anzuschauen.

Er betrat das Wohnzimmer und sah ästhetische Gemälde, Kunststücke aus Porzellan und Gold, türkische Sofas und ein großes, von keinerlei Staub besetztes Klavier, das von einzelnen großen Spiegeln, dem Spiegelsaal von Versailles ähnelnd, umgeben war. Sichtlich verblüfft über das Haus, stieg er wieder in das Taxi ein.

>> Wohin geht die Reise? <<, fragte Brooks anheimelnd.

Herr Kowalski erwiderte, auf seinen kleinen Zettel schauend, dass er zur Apotheke müsse. Während der Fahrt kamen aus dem stürmischen Gewitter wenige Sonnenstrahlen zum Vorschein. Brooks schaltete das Radio an, überlegte, wie er die unangenehm werdende Stille brechen könnte und fing an, über das chaotische Wetter zu sprechen. Herr Kowalski nickte nur, denn für ihn waren es nur leere Floskeln. Der Herr war sichtlich müde und machte schon beim Einsteigen einen schläfrigen Eindruck; ihm fielen die Augen zu. Brooks näherte sich der Apotheke, nahm behutsam den Zettel aus seiner Hand und kaufte die auf dem Zettel stehenden Medikamente ein. Anschließend fuhr er zum Wohnort zurück. Als er sein Ziel erreichte, schaltete er den Motor aus und Herr Kowalski erwachte aus seinem tiefen Schlaf. Es war ein süßer Schlaf, ein Schlaf, den nur Kinder und senil gewordene Menschen in solch einem Ausmaß erleben, ein Schlaf, der von leichten, fließenden Regentropfen, sanftem Wind und eintretender Dämmerung geschmückt war.

>> Warum sind wir nicht losgefahren? <<, schrie, vom süßen Schlaf der Autofahrt noch leicht benebelt, Herr Kowalski panisch.

Brooks beruhigte Herrn Kowalski und versicherte ihm, dass er seine Medikamente besorgt habe.

>> Bin ich eingeschlafen? <<, fragte der ältere Herr seine Augen reibend.

Brooks nickte, griff ihm unter die Arme, brachte ihn bis an seine Haustür und verabschiedete sich herzlich von ihm, ohne einen Betrag für die Fahrt anzunehmen. Brooks ging mit gemächlichen Schritten auf sein Taxi zu, stieg ein und wollte losfahren, bis er jedoch bemerkte, wie Herr Kowalski nicht sein Haus betrat, sondern, schleppend, versuchte, sich auf die überdachte Sitzbank, im Vordergarten befindend, zu setzen. Brooks schaltete den Motor nicht an, wartete, um sich zu vergewissern, was Herr Kowalski vorhatte. Herr Kowalski nahm, sei-

nen Körper völlig entspannt lassend, aus der Paspelta-
sche ein Feuerzeug und ein altes, leicht zerrissenes Bild
heraus, schaute es sich mit einem Schmunzeln in seinem
Antlitz an, zündete mit leichter Hand eine Zigarre an und
schaute, stets schmunzelnd, nur auf das Bild, das sich in
seiner rechten Hand befand. In den Anblick vertieft, pas-
sierte das Belangvolle, wonach Brooks sich sehnte. Er
fand heraus, was seine ungestillte Sehnsucht, sein inni-
ges Verlangen benötigte. Es war kein Gefühl von
Heimweh oder dem Drang nach Nostalgie, nein, viel
mehr war es die Sehnsucht nach der Bekanntschaft in
Havanna, jene Bekanntschaft, die für ihn diese Behaglichkeit aufzeigte und ihn, den eins so jungen Brooks,
frappiert hatte, jene Bekanntschaft, in der die Schweigsamkeit gesiegt hatte und vieles in den Augen verrätselt
geblieben war.

An jenem Abend waren Brooks und Herr Kowalski
von Glücksgefühlen besetzt. Obwohl schon am nächsten
Tag das Aufsuchen einer Apotheke angemessen gewesen
wäre, vergingen mehrere Tage, ehe Herr Kowalski

Brooks anrief. Brooks stieg aus dem Taxi aus, ging auf das Haus zu, klopfte an der Tür und hörte, wie er, um etwas Geduld bat. Schleppend und schnaufend, trat Herr Kowalski in einem anthrazitgrauen Anzug und nahezu akribisch gerichteten Schnurrbart aus dem Haus heraus. Er entschuldigte sich. Brooks räusperte sich mit peinlicher Empfindung und stellte ihm gegenüber klar, dass kein Pardon nötig sei.

>> Außerdem wäre ein Mann ohne formtreu gerichteten Schnurrbart nicht angemessen bekleidet <<, sagte Brooks lächelnd und griff ihm unter die Arme.

Arm in Arm schlendernd, stiegen sie in das Taxi ein. Brooks fuhr zur selben Apotheke, um die Medikamente für Herrn Kowalski zu kaufen. Nachdem er die Medikamente Herrn Kowalski übergeben hatte, fragte er ihn, wie sehr er das Gefühl von den stürmischen Geschwindigkeiten und Haaren, die durch den Wind hin und her wedeln, vermisst habe.

Herr Kowalski nickte schüchtern. Brooks fuhr und drückte, die Verkehrsregeln missachtend, auf die Pedale;

es fühlte sich wie ein Höhenflug an. Herr Kowalski versuchte vor lauter Aufregung, seine Augen schließend, sich an etwas festzuhalten, doch vergeblich, da Brooks mit solch einer hohen Geschwindigkeit fuhr, dass es nahezu unmöglich war, sich an etwas zu klammern. Brooks hielt an, im Taxi herrschte schnelles Herzklopfen und eine Stille, die jedoch durch das herzhafte Lachen von Herrn Kowalski gebrochen wurde.

Mit einem außerordentlich rastlosen Gesichtsausdruck und strahlenden Augen holte er, sich auf dem Beifahrersitz zusammenrückend, aus seiner Seitentasche einen kleinen Kamm heraus, seiner Noblesse treu bleibend, um seine Haare zu richten. Der Taxifahrer, der gewillt war, dem älteren Herrn weitere Freude durch seine Fahrten zu bereiten, bemerkte jedoch, dass die Abenddämmerung aufzog und Herr Kowalski kaum noch wach bleiben konnte. Während Brooks Herrn Kowalski sagte, dass er ihn nun zu Hause ablassen werde, unterbrach ihn Herr Kowalski abrupt und fragte mit demütigem, verlegenem Blick, warum er so etwas getan habe. Brooks erwiderte, resse, den Wohnort Herrn Kowalskis erstmalig. Seiner blinden Gewohnheit treu bleibend, stellte er seinen Kaffee bereit und fuhr los. In der sengenden Hitze fahrend, stellte Brooks, der davon ausging, dass keine Straße Londons ihm fremd erscheinen könne, sich selbst die Frage, wie viele Jahre man benötige, um dieses rätselhafte London überblicken zu können.

Während Brooks durch holprige Straßen fuhr, bemerkte er, zügig seine Seitenfenster schließend, wie aus der angenehmen Hitze ein heftiges Gewitter entstand, das über die Straßen zog. Vom strömenden Regen getroffen, war er schockiert, wie zügig tiefe Pfützen in diesen holprigen Straßen entstanden. Er gemäßigte sein Tempo und fuhr gemächlich über die Straßen. Während er sich dem Ziel näherte, sah er, sich umschauend, keinen einzigen Menschen, der gewillt war, in sein Taxi einzusteigen. Brooks hielt vor der Wohnung an und wartete zunächst fünf Minuten, da er anhand der Stimme, die er während des Telefonats vernahm, davon ausging, dass es sich um einen älteren Mann handeln müsse. Als Taxifahrer zeigte dass durch ihn die Erinnerung an eine Person erweckt worden sei.

>> Anscheinend eine Person, die ihnen sehr nahe steht <<, flüsterte er vor sich hin. Brooks nickte.

Während die Fahrt und die Kraft eines älteren Mannes, um wach zu bleiben, sich dem Ende neigten, sagte Herr Kowalski seine Augen schließend, dass er bestimmt eine Menge zu erzählen habe. Allmählich überkam ihn die Müdigkeit; er machte es sich auf dem Beifahrersitz, ein heimeliges Gefühl ausstrahlend, bequem.

>> Irgendwann... <<, flüsterte Brooks leise. Noch bevor ihm die Augen zu fielen, schaute er, seinen Kopf auf dem Sitz abstützend, aus dem Fenster, um die Straßenbeleuchtung zu genießen und machte, vor Ermüdung langsam redend, Brooks darauf aufmerksam, dass diese Art des Denkens distinkt irrtümlich sei.

>> Irgendwann ist irgendwann zu spät. Ein irreführender Begriff, der, während wir die Alternative besitzen, den Segen der Klarheit zu erlangen, Menschen in eine ungewisse Zukunft stürzen lässt. <<

Die Worte des älteren Herrn aus Polen überrannten Brooks förmlich. Nachdem Brooks sich vom älteren Herrn aus Polen verabschiedet hatte, fuhr er ohne weitere Verschwendung seiner Zeit mit einer bedenklichen Stille zum Flughafen und realisierte, dass er erstmals für sein eigenes Begehren zum Flughafen fuhr. Der Taxifahrer wurde sich zweier Empfindungen bewusst: der einen, dass das Vertrauen auf die Grenzenlosigkeit der Zeit vernunftwidrig war, und der anderen, dass die Zeit gekommen war, das Lenkrad für eine kurze Zeit aus den Händen zu legen und sich dem Sternenhimmel zu widmen.

Als Brooks in Havanna ankam, begab er sich abrupt auf den Weg, um den Opa zu finden. Von zwiespältiger Hoffnung besetzt, ging Brooks zu dem Ort, wo einst der Zigarrenrauch apart den Nachthimmel emporgestiegen war. Es war eine reine Instinkthandlung, dass sich Brooks kurzerhand mit schnellen Schritten auf einen Platz stürzte, eine flammende Ergriffenheit, die diese Wucht seiner Sehnsucht dämpfen sollte. Eine Weile verging und als Brooks nahezu die Hoffnung aufgab, sah er in dem Augenblick, verzweifelt überlegend, dass es doch besser wäre, die Begegnung auf den morgigen Tag zu setzen, einen älteren Mann, der mit bedenkenlosen Schritten aus dem Schatten in das Mondlicht trat, sich auf den Bordstein setzte und eine Zigarre herausnahm. Es war der Opa. Im Antlitz von Brooks kam ein unbeschreibliches Lächeln zum Vorschein. Brooks ging auf den Opa zu und bemerkte sofort, wie alt der Opa geworden war; ein Herr mit tiefen Falten im Gesicht, ruhelosen Augen, drastischen, deutlichen Wangenknochen. Während er sich dem Opa näherte, war es diesmal nicht die neuartige Empfindung bezüglich jener Behaglichkeit, die in ihm die Neugierde erweckte, sondern die Erkenntnis, dass vieles unausgesprochen geblieben war.

>> Semper Fidelis <<, sagte Brooks mit kräftiger Stimme.

Der Opa hustete, räusperte, ließ einen Rauch, einer aufsteigenden Rauchschwade ähnelnd, aus dem Mund gehen, richtete einen fragenden Blick auf Brooks und legte seine Zigarre auf den Bordstein; die Gefühle flossen ineinander und der Opa umarmte den jungen Mann aus London mit einer herzlichen Zuneigung

>> Ich sehnte mich danach, um mit dir zu sprechen <<, sagte der Opa entzückt.

>> Es blieb vieles unausgesprochen <<, erwiderte Brooks mit einem wehmütigen Lächeln.

Brooks fing an, von seinem Leben zu erzählen. Er erzählte von seiner Tätigkeit, doch im Laufe seiner Erzählung fiel ihm ein, seine Erzählung unterbrechend, dass er bis zu jenem Tag nicht wusste, wie der Opa heißen würde. Brooks fragte nach seinem Namen. Der Opa schmunzelte und sagte, dass er Alvaro hieße. Während Alvaro sinnlich an der Zigarre zog, schaute Brooks ihn genauer an und sprach, sich überwindend, die Augen Alvaros an, da jener Ausdruck des Beunruhigten nicht von seinem Gesicht gewichen war und dieser schmerzende Kummer immer noch in seinen Zügen lag. Er wollte wissen, wie ein solch fürchterlicher Anblick von Elend und Gram in den Augen eines Menschen zum Vorschein komme. Alvaro überlegte lange, seine Augen fortwährend auf den Nachthimmel gerichtet, sodass sich die Sterne in seinen trostlosen Augen widerspiegelten, und im tiefsten Schweigen spiegelte sich in seinem Gesicht etwas Außergewöhnliches. Es schien, als habe die Einsamkeit ihn umklammert und sei nicht gewillt, ihn loszulassen. Die von der Vergangenheit aufkommenden Gedanken stiegen auf, nein, sie übernahmen ihn förmlich.

>> Brooks, kurz vor unserer Bekanntschaft, starben mein Vater und meine Ehefrau durch einen Verkehrsunfall <<, sagte Alvaro betrübt.

>> Ich <<, fügte er leicht stotternd hinzu, >> ich habe es mit dem Alkohol probiert. Je öfter ich diesen einschüttete, merkte ich, wie kein Glas tief genug war, um solch eine furchtbare Beklemmung zu ertränken. Die Gläser füllten sich allabendlich, doch an der Schmach änderte sich nichts. <<

Alvaro sagte dies in solch einer Tristesse, dass Brooks nicht mehr machen konnte, als still und verschwiegen

44

seinen Worten zu folgen. Alvaro, der in jener Zeit von melancholisch besetzten Flüstertönen und einer befangenen Einsamkeit geprägt war, kam irgendwann zu der Einsicht, eine Einsicht, die sein Gemüt, einem dornenvollen Zweig ähnelnd, beglücken und diese von Trostlosigkeit besetzten Augen in vor Glückseligkeit glühende Augen verwandeln sollte. Waren es die Nächte, die ihn so traurig und müde machten oder wartete Alvaro nur auf die Nacht, um seiner Trauer freien Lauf zu lassen? Die Dämmerung war schon herniedergesunken und die Abendstunde angebrochen, als Alvaro Brooks, seine vollste Aufmerksamkeit verlangend, fragte, ob er ihm die Geschichte der Verstorbenen erzählen könne.

>> Natürlich <<, antwortete Brooks mit ernsthafter Miene.

Von diesem Moment an wuchs die Neugier ins Unermessliche. Alvaros Gefühle, die sich viele Jahre der Schweigsamkeit verschrieben hatten, brachen in dem Augenblick mit größerem Ungestüm hervor. Der Augenblick verwandelte die Empfindungen eines in sich gefangenen Mannes in einen Aufstand, einen Aufstand, der in ihm seine Begierden, Sehnsüchte und das große Verlangen abverlangte. Alvaro zog an seiner Zigarre, ließ den schmauchenden Rauch in den Himmel steigen und fing an, die Geschichten zu erzählen. Er spürte, wie aus dem Postament seiner Gefühle enthemmt, sein Gemüt grenzenlos erfreuend, die Erinnerungen der tiefen Vergangenheit hervorkamen, als hätte jene Bekanntschaft vor ewigen Jahren nur auf diesen einen Moment gewartet.

FÜNF

Es war eine Liebesgeschichte wunderbarer Art, die einen beschwerlichen, jedoch zugleich einen sonderbaren Weg versprach.

Um die Zeit, als die Gesellschaftsfeste in der Stadt Havanna präsent waren, besuchten Alvaro und seine Familie an einem schönen und schwülheißen Sommerabend das Fest. Mitten in den sonderbaren Düften und ästhetischen Kulissen näherten sie sich dem dort aufgestellten Geigenstand, wo alljährlich wunderbare Klangfarben die Menschen Havannas fesselten und an sich zogen.

Alljährlich wurden dieselben Stücke vorgetragen, die zwar das Gemüt der Besucher sichtlich amüsierten und entzückten, jedoch Alvaro, ein Aficionado der Tonkunst, nahezu behelligten. Es waren seines Erachtens unzulängliche und dilettantische Melodien, die das Kolorit der Besucher zum Aufwallen brachten, und zur bereits vorhandenen Verwirrung hinzukommend war sich die

Mutter Alvaros nie zu schade, in ihre Tasche zu greifen und den Vortragenden eine stolze Menge an Dukaten zu überreichen. An jenem Abend jedoch ertönten nicht die mit Mängeln behafteten Melodien, nein, sondern ein glockenhelles Timbre, verzaubernd und anrührend, ertönte unter dem strahlenden Nachthimmelslicht. Ein Timbre, für die Besucher des Festes eigenartig klingend, das nur Alvaro verstand, ein Timbre, welches in die sternenbesetzte Nacht Helle brachte und sogar die Witterung en passant änderte; die Klangfarben brachten einen sanften, leicht kühleren Wind in die Stadt. Es war keine Kälte, die einen Menschen zum Zittern brachte, sondern ein Gefühl, das eher einem angenehmen Schauder, den Rücken herunterlaufend, ähnelte und ein außergewöhnliches Gefühl mit sich brachte. Alvaro, bewegungslos auf dem Bürgersteig sitzend, sah, ohne jegliches Wort von sich zu geben, an jenem Abend eine Dame, die von dem Empfinden ihrer eigenen Melodien und von dem Gefühl der Eleganz erfüllt war.

Er sah an jenem Sommerabend eine junge Dame mit einem etwas hellerem, leicht leuchtendem Teint, die dieses glockenhelle Timbre, ihr Instrument mit großer Feinheit und Ruhe kontrollierend, erzeugte, ein Chiffonkleid von roter Glanzseide mit strahlenden Perlen, ihre versonnenen, glänzenden, kastanienbraunen Augen zur vollen Geltung bringend, an den Schultern trug und durch ihre beachtenswerte, reine Haltung mit einem charmanten, zugleich geheimnisvollen Lächeln auffiel. Alvaro fiel, seine Augen fortwährend auf die Dame gerichtet, auf, dass es sich bei ihr um eine verlegene Dame handelte. Obgleich sie ihr Instrument in solch feinfühliger Art und Weise kontrollierte, sah man ihr ihre Verlegenheit an, da jene Nacht ihre erste Aufführung war. Während das Publikum nach ihrem vorgetragenen Stück applaudierte, war der junge Mann aus Havanna in seine Gedanken versunken. Der Vater merkte seine Gedankentiefe und fragte lächelnd, ob es die junge Dame sei, die den eigentlich beschwingten, jungen Mann zu solch einer auffallenden Stille verleite. Alvaro nickte. Als sich das Publikum langsam von dem Standort der Aufführung entfernte, sah Alvaro die junge Dame, alleine stehend und das gesammelte Geld zählend, und ging, ihm selbst verständnislos, an diesem Abend nicht auf die Dame zu, um sie mit ihrer gänzlich besitzenden Besonderheit bekannt zu machen.

Für ihn war diese Erscheinung, eine solch eigentümliche Erscheinung, erstmals zum Vorschein getreten und Alvaro, gemächlich sitzend, sollte es an dem Abend nicht vermögen, sich ihr zu nähern.

Am nächsten Abend des Sommerfestes war diese eine Dame erneut, spielend und neue Töne aufzeigend, vor Ort. Als sie nach ihrem Auftritt ihr Geld erhalten hatte, vermochte sie es, wortlos zu verschwinden.

Alvaro, von seiner Entschlossenheit getrieben, ging mit raschen Schritten auf die Dame zu und begrüßte sie anmutig.

Schon diese eine Begrüßung, dieser rasche Wortwechsel schien ausreichend, um ihr Interesse zu gewinnen. Ein schüchternes Kichern und feine Grübchen kamen in ihrem Antlitz zum Vorschein. Er bat die Dame, einem höflichen Kavalier entsprechend, sich doch zu setzten. Auf diesem einen für Alvaro äußerst wertvollen Bürgersteig saßen der junge Mann aus Havanna und die junge Dame, sprachen über die Tonkünste, schmunzelten, lachten miteinander, schauten zusammen auf die Kulisse des Sommerfestes und sahen sich, vor Schüchternheit jedoch rasch und verdichtet, ab und an tief in die Augen. Es waren einzelne, flüchtige Blickkontakte, Kontakte, die den ersten Augenblick ihrer Bekanntschaft bestimmten.

Im Verlauf der blühenden Jugend fand Alvaro heraus, wo der Wohnsitz der Familie war und schrieb, seine Gedanken und Emotionen auf das Textblatt niederlassend, jede Nacht einen Brief und übergab ihr diesen allabendlich.

Es entwickelte sich zu einer Liebe, die auf Briefen basierte, Briefen, die mehr aussagten, als ein Lebewesen überhaupt zeigen konnte. Der Grund für die dokumentierte Liebe war die konservative und sittenstrenge Familie der jungen Dame, doch dies scheute den jungen Alvaro, dem es nicht an Mut und Draufgängertum fehlte, keineswegs seine Liebe und Zuneigung preiszugeben. Es waren etliche Briefe, mit wundervollen Sätzen und äußerster Akkuratesse ausgestattet geschriebene Briefe, die mehr einer zügigen Niederschrift als einem Brief, der in vollständiger Ruhe geschrieben werden durfte, ähnelten. Kaum etwas auf dieser kleinen Welt bewegte seinen Gemütszustand so sehr wie das in Worte gefasste Noema der geliebten Dame.

Jedes Mal riss Alvaro das Kuvert auseinander, las voller Spannung das Handgeschriebene, versah es mit einem Datum und einer Signatur und packte es in seine Schublade, die außer ihm selbst keiner kannte und kennenlernen durfte.

Die Briefe bestanden aus schönem Briefpapier, das bis zur Abschiedzeile mit ihrem für Alvaro wohlbekannten Füller beschriftet wurde. Er liebte ihre Melodien, ihre Tugend, ihre Unschuld und ihre kastanienbraunen Augen. Sie brachte ihm durch ihre Art und Weise eines bei: Obwohl sie erst durch die Melodien und Klangfarben ihre Gesinnung des Lebens fand und nahezu mit den Tönen zu sprechen versuchte, zeigte sie ihm, dass die Liebe der Wörter und Töne nicht dürftig war, sondern etwas Stilles, sich in Flüstertönen Abspielendes, war.

Nicht mehr das glockenhelle Timbre erhellte an den dunklen Abenden das Zimmer, sondern das Leuchten des Sternenzeltes. In diesem Zimmer, von den äußeren Gegebenheiten fernliegend, hoffte Alvaro, seine Augen schließend, dass dieses Zimmer irgendwann wieder von ihren Tönen erhellt werden könnte. Alvaro beendete seine Erzählung mit leicht zittriger Stimme und schnaufendem Atmen. Nach einer kurzzeitig anhaltenden Stille wischte sich Alvaro die Tränen von der Wange.

>> Ich hasse es, wenn der Zigarrenrauch meine Augen den Tränen gleich macht <<, sagte Alvaro in den Sternenhimmel schauend.

Anschließend beabsichtigte er einen Zug an der Zigarre, jedoch vergeblich; die Zigarre erlosch durch seine Tränen.

SECHS

Die Geschichte eines Vaters, die im Folgenden erzählt werden soll, erfolgt nicht seinetwillen, sondern eher um die Geschichte des damals jungen Alvaro kennenzulernen und für die Erzählung zu vergegenwärtigen. Die Geschichte des Vaters liegt in der tiefen, grenzenlos bedeutungsvollen Vergangenheit. Dass eine Geschichte, je dichter sie sich dem nicht Fassbaren und äußerst Rätselhaften annähert, schnell in Vergessenheit gerät, ist ein großer Irrtum. Erst durch das hochgradige Verschwinden aus der präsenten Umgebung und der Einsicht, dass die Gegebenheit im Ewiggestrigen liegt und der Mensch sich danach sehnt, das Rad der Geschichte zurückzudrehen, fängt der Mensch an, sich künstlich um das zerklüftete Bewusstsein zu kümmern, indem er die Gegebenheit, die in ihrer Form und Präsenz als passé gilt, dem jetzigen Augenblick zuschreibt.

Ein passionierter Rechtsanwalt, ein Mann von profunder Bildung, stets auf sein Gewand und Schuhwerk achtend, der weit gereist war, stets lächelte, nahezu jeden Paragraphen auswendig gelernt hatte, in seinen Diensten keine Unachtsamkeit aufwies, sich ständig mit der Schuldfrage beschäftigte, es hasste, sich fehlerhaften Gerichtsentscheidungen zu beugen, war bemüht, neben der Tätigkeit als Advokat seinem Leben ein stilles Behagen zu verleihen. Nicht dass seine Tätigkeit ihn nicht beglückte, keineswegs, erst durch seine Passion erlangte er vollkommene Gemütsruhe. Auf die Frage, warum er dem Beruf als Advokat nachgehe, antwortete er stets, dass er es liebe und gerne versuche, den Menschen zu verstehen, als sich jegliche Berechtigung zu erarbeiten, um über jemanden zu urteilen. Er liebte es zu reisen und in den verschiedensten Städten zu verweilen.

Die verschiedensten Kontinente und verschiedensten Städte von Cartagena bis Bordeaux, von Weimar bis Istanbul, von Verona bis Rhodos hatte er während seiner unzähligen Reisen erkundet. Während seiner Reisen verbrachte er die meiste Zeit damit, genießend und forschend, auf den verschiedensten Umgebungen und

Prachtpromenaden zu flanieren, da ihm zufolge ein Advokat erst die wundersame Landschaft verstehen und begreifen solle, bevor er versuche, einen Menschen zu begreifen. Neben seiner Tätigkeit und den fernen Reisen fand er nur bei seiner Familie Zuflucht, da seine Familie der einzige Ort war, wo er nicht zu verstehen versuchte, sondern verstanden wurde.

Er war stolzer Vater von drei Jungen, die in ihrer Art und Weise nicht unterschiedlicher sein konnten. Während der eine Sohn, in sich vergraben, die meiste Zeit stillschweigend durch das Leben schlenderte, war der zweite Sohn, das genaue Gegenteil aufzeigend, ein leicht erregbarer und impulsiver junger Mann, der neben Empörungen und Ärgernissen nicht viel mit sich brachte. Der dritte Sohn, Alvaro, hatte gescheiteltes hellbraunes Haar, Augen, die sich nach Wissen sehnten, und verstand schon in seinen jüngeren Jahren die Passion seines Vaters. Während der Vater von seiner Passion und seinen Vorfällen berichtete, war Alvaro stets bemüht, den Gedankengängen seines Vaters zu folgen.

Er erinnerte sich gerne an einen der etliche Abende, an denen er seinen Vater beobachtete, wie dieser etliche Stunden an seinem Schreibtisch saß und sich mit jeglichen Rechtsfragen beschäftigte. Währenddessen führte der Vater unzählige Selbstgespräche, was moralisch richtig und verwerflich sei. Da Alvaro sich außerstande fühlte, lückenlos den Gedanken zu folgen, stieg in ihm umso mehr, eine gewisse Pflicht verspürend, der Drang auf, die Illustrationen seines Vaters zu verstehen.

Das Arbeitszimmer seines Vaters war der Ort des Wissens und der Beschäftigung. Alle Erinnerungen aus der frühen Jugend Alvaros waren mit diesem Zimmer verbunden. Zwischen beschrifteten und flatternden Blättern, niedergelassenen Vorhängen, kostbaren, alten Möbeln, drei schönen, kostbaren Kaktuspflanzen, einem staubigen Arbeitstisch und Mengen an Kaffee saß der Vater, dessen Tage von Tätigkeiten und irreführendem Tatendrang angefüllt waren. Es war ein Schreibtisch, der gefüllt war von den eigenen Tagesberichten, Goldmünzen und exquisiten Uhren, sodass dieser Schreibtisch

mehr einem kostbaren Sammlerstück ähnelte als irgend-
einem gewöhnlichen Schreibtisch.

Jeden Abend nahm Alvaro im Zimmer Platz und
schaute ihm zu, wie sein Vater arbeitete, jeden Abend, in
dem Alvaro von einem hellen, in das Gesicht strahlendem Licht geweckt wurde, dachte er zunächst, dass der
Mond ihm in das Gesicht geleuchtet habe, jedoch war es
fortwährend die Tischlampe seines Vaters, die ihn durch
ihr grelles Licht von seinem Schlaf erweckte; jeden
Abend überblätterte der Vater die knisternden Seiten der
Tageszeitung, tätigte amüsierende Telefonate, nahm
zahlreiche Schlucke von seinem anregenden, schwarzen
Aufgussgetränk und gab Alvaro, seinen gesundheitlichen
Anweisungen selbst nicht folgend, den Rat, das Heißge-
tränk aus gerösteten Kaffeebohnen, dem sogenannten
Türkentrank, nicht häufig zu konsumieren. Jeden Abend
lehnte er sich behaglich in seinen Fauteuil, zündete seine
Zigarre an, durchblätterte nicht mehr die Tageszeitung,
sondern Werke aus der französischen Literatur, benebelte
den Raum durch den Rauch der Zigarren und schaute

sich das malerische Gemälde, an der dunkelgrünen Wand hängend, an und gab für eine Weile keinen Ton von sich. Allabendlich, seiner Prozedur treu bleibend, stand er auf, ging auf die mit Staub besetzte Kommode zu, öffnete, Freude ausstrahlend, die Schublade und nahm ein Dossier heraus, das überfüllt von Vorwürfen, Motiven und Hintergründen war. Allabendlich wollte Alvaro wissen, wie es sein könne, dass ein Mann tagtäglich strahle und lächle. Jeden Abend stürmte Alvaros Mutter in das Zimmer hinein, beschwerte sich, an das Wohl ihres Mannes denkend, welch eine bedrückende Hitze in dem Raum herrsche, zog die Vorhänge vor dem Fenster, die sich über die ganze Breite des Zimmers hinauszogen, auf, öffnete die Fenster, setze sich zu ihm und sprach mit ihm über seine Passion. Die Mutter, ebenfalls zu charakterisierende als eine gebildete und bibliomane Persönlichkeit, war die einzige Person zu diesem Zeitpunkt, die durch ihr genuines Interesse an ihrem Geliebten imstande war, seinen Gedankengängen zu folgen. Allabendlich diskutierten, lachten, debattierten und amüsierten sie sich während ihres kleinen, kurzweiligen, jedoch vielschichtigen Gespräches. Jeden Abend nach dem Gespräch, das nahezu einem wissenschaftlichen Diskurs ähnelte, schloss die Mutter die Fenster, zog die Vorhänge zu und ging leise aus dem Zimmer. Jeden Abend fragte Alvaro seinen Vater, wie es sein könne, dass ein Mann täglich nur ein Lächeln im Antlitz vorzuweisen hatte. Es gab in der frühen Jugend Alvaros keinen einzigen Abend, an dem er seinen Vater nicht in einem seligen, beflügelten Zustand sah.

Aus jedem Abend wurde ein gelegentlicher Abend. Der Vater von Alvaro empfand unangenehme Gefühle. Mit der Zeit stellte sich dieses lästige Gefühl als eine schwerwiegende Krankheit heraus, die nicht, wie gedacht, seinen körperlichen Zustand größtenteils beeinträchtigte, sondern seinen seelischen. Der eigentliche Schmerz war die Erkenntnis, dass der Vater seiner Arbeit nicht mehr nachgehen konnte, wie es einst der Fall war. Dieser bedrückende Gemütszustand wurde unerträglich und begann, den einst so in seiner Tätigkeit leidenschaftlich gefangenen Mann in seiner Passion mit dunklen Gedanken zu bewölken. Der geistreiche Disput zwischen Mann und Frau wurde seltener, das Amüsieren wurde seltener, die Hingabe bezüglich der eigenen Passion wurde seltener, die Reisen wurden seltener, alles wurde seltener, dennoch strahlte der Vater vor Behaglichkeit.

Aus dem gelegentlichen Abend wurde kein Abend. Das Zimmer, welches einmal für den Rausch und Gewinn an Wissen stand, war nun das Zimmer für einen erschöpften, jedoch über seinen Zustand niemals klagenden, älteren Mann. Am Platz, wo einst ein Fauteuil zu finden war, lag der Vater in seinem Sterbebett. Seine letzten Minuten waren angebrochen. Der einzige Wunsch, den seine Frau von seinen Lippen ablesen konnte, war der Wunsch, Alvaro zu sprechen. Er trat verängstigt in das Zimmer ein, setzte sich zu seinem Vater, schaute ihn an und eine Träne Alvaros streifte die Wangen des Vaters.

Der Vater lächelte, jedoch war er zu schwach, um seine Stimme zu erheben. Der Vater bat Alvaro, etwas näherzukommen und Alvaro kniete sich so hin, dass der Vater in das Ohr sprechen konnte.

>> In den letzten Minuten, in denen ich auf meine zahlreichen Erinnerungen zurückgreifen kann, waren die Abende, in denen du mir Gesellschaft geleistet hast, die schönsten. Wertvolle Abende, oder? <<, fragte der Vater, sich selbst die letzten Kräfte raubend.

Alvaro nickte. Im Augenblick, in dem Erinnerungen, Erfahrungen, Belehrungen und Reisen des Vaters ineinanderflossen, hatte Alvaro, seine Tränen zurückhaltend, nur eine Bitte an den Vater. Er wollte von ihm das Wort, dass sein Lächeln nicht verschwinden werde. Obwohl der Vater von fürchterlicher Qual und unbeschreiblichem Schmerz geplagt war, ergriff den Vater solch ein herzliches Lachen, dass Alvaro selbst erstaunt war. Als Alvaro mit schleppenden Schritten, der bitteren Wahrheit ins Gesicht schauend, mit tränenden Augen, das Zimmer verlassen wollte, wies der Vater auf das Dossier, auf der Kommode liegend, und befahl Alvaro, dieses Dossier zu lesen. Alvaro verließ das Zimmer. Die Mutter trat ein.

Die Stimme wurde schwächer, die Brust von infernalischen Schmerzen geprägt, die Kehle schnürte sich zusammen, die Augen fielen langsam zu und entkräftet, ausgezehrt und gedankenlos hauchte der Vater seine Seele aus. Im darauffolgenden Augenblick verließ die Mutter, von einer bedrückten und zugleich wohltuenden Haltung geprägt, das Zimmer und setzte sich zu ihren Söhnen. Aus allen Augen flossen Tränen, doch nur die Augen Alvaros blieben trocken. Angespannt stellte er seiner Mutter die Frage, ob der Vater während seines letzten Atemzugs gelächelt habe.

>> Du kennst doch deinen Vater. Auch wenn Stürme in seiner Seele tobten, wehte der Wind ihm nicht ins Gesicht <<, sagte sie.

SIEBEN

Mit langsamen, schlichten Schritten, taumelnden Gedanken und einem Gefühl von großer Zuversicht betrat
Alvaro am darauffolgenden Tag das Zimmer des Vaters
und nahm das Dossier, den Staub wegwischend, in die
Hand, machte es sich auf der Rückenlehne des Fauteuils
gemütlich und trank an jenem Abend das erste Mal einen
Kaffee. Er verliebte sich in diesen Geschmack. Alvaro
erwartete spannende Anschuldigungen, Motive und
heikle Momente im Dossier, doch Alvaro, an den Sessel
zurückgelehnt, mit größter Aufmerksamkeit lesend, bemerkte, dass das Dossier mit leeren weißen Blättern
gefüllt war.

Das, was er sah, war nur ein Brief, dessen Umschlag aus wertvollem Material war.

Alvaro, leicht überrascht und glücklich, riss das Kuvert auseinander, legte das Dossier beiseite, nahm einen Schluck vom Kaffee und begann den Brief zu lesen: Ich schreibe dir diesen Brief, während ich 61 Jahre alt, schwach, müde, entkräftet und verängstigt bin von dem Gefühl, dass früher oder später der Tag kommen könnte, dass du an den dunkelgrünen Wänden meines Arbeitszimmers nicht unsere gemeinsamen Erinnerungen, sondern eine gewisse Leere siehst. Ich schreibe dir, mein Sohn, ich schreibe dir, weil ich nicht sterben will, ohne von dir Abschied genommen, ohne dich an das Fundamentale im Leben erinnert zu haben. Zahlreiche Frühlingsnächte habe ich erlebt, zahlreiche Häuser habe ich gesehen, zu denen ich zurückkehren möchte, jedoch liegen die Fenster in weitester Entfernung; zahlreiche Wege bin ich gegangen, die ich nicht mehr durchstreifen kann, zahlreiche Gespräche habe ich geführt, deren Inhalt schon vergessen ist. Was uns Menschen verletzt, sind nicht Enttäuschungen der Vorstellungen, sondern das Glück, welches wir nicht erleben, obwohl dieses näher zu greifen ist, als man es sich vorstellen kann. Nun bin ich hier und schreibe dir diesen Brief. Wenn du diesen Brief liest, bin ich gestorben. Ich befinde mich an dem Punkt, an dem meine Gedanken und meine Seele nicht mehr zueinander finden werden. Ich weiß, dass du der Wahrheit nicht ins Gesicht schauen möchtest. Verzeih mir, Alvaro. Um dir noch den letzten Wunsch zu erfüllen, möchte ich dir nun, wenigstens schriftlich, auf deine Frage, warum ich immer lächle und solch eine Behaglichkeit ausstrahle, eine Antwort geben.

>> Und?! Und?! Was stand im Brief? <<, unterbrach ihn Brooks.

>>Genau das, was ich dir vor etlichen Jahren mit auf den Weg gegeben habe. Semper Fidelis... <<, antwortete Alvaro.

>> Ist das wahrhaftig die Fortsetzung des Briefes? <<, fragte Brooks leicht entsetzt.

Alvaro nickte mit einem Schmunzeln im Gesicht.

Brooks, sichtlich verwundert über das Schmunzeln, fragte den Opa, welcher Anlass ihm solch eine Freude bereite. Alvaro fühlte zum ersten Mal eine Erleichterung. Es war eine Erleichterung, die ihm seit längerer Zeit nicht bekannt war.

>> Jahrelang sehnte ich mich danach, mit jemanden über meine geliebten Verstorbenen zu sprechen. Von dem Augenblick an, als meine Ehefrau verstarb, als ich diesen Brief geöffnet habe, hatte ich das Gefühl, die Geschichten weitererzählen zu müssen. Obwohl die Stadt wohl gefüllt ist und ich jeden Augenblick die Gegebenheit, welche mich bedrückt und meine Gedanken fesselt, beseitigen kann, war ich nicht bereit, die Geschichte der Verstorbenen zu erzählen. Meine klägliche Lage ähnelte einem Samenkorn, das einen Platz zum Anwurzeln suchte. Ich habe Augen gesucht, die sich durch meine Erzählung erhabenere Ausblicke verschaffen, nicht nur den Worten, sondern meinen Gedanken folgen, die nach Erkenntnis suchen und meinen Drang nach reichhaltigem Erzählen stillen. Ich habe jemanden gesucht, dem

ich jene Geschichten erzählen kann, bevor diese in der Asche Havannas vergraben werden <<, sagte Alvaro mit glückseliger Miene.

Nach einer anhaltenden kurzzeitigen Stille fuhr Alvaro, die Zigarre anzündend, fort: >> Manche Geschichten bleiben unvollendet, manche Geschichten werden ohne ein Wiedersehen beendet, manche Geschichten sind Teil unserer Geschichte und manch andere Geschichten sind dafür da, um erzählt zu werden. Geschichten der Verstorbenen, deren Leben in voller Hoffnung auf ein Wiedersehen, in stiller Freude und voller Lebendigkeit erzählt werden, sind nicht zum Sterben verurteilt, da nur jener tot ist, der vergessen wird. Das wertvollste Geschenk, das man einem Menschen überreichen kann, ist die Geschichte und die Grundsätze seiner Person in anderen Herzen zu hinterlassen. <<

Sie saßen im Dämmerschein und noch lag der schwache Schein über dem Gesicht Alvaros, sodass Brooks außer dem zarten Lächeln während seiner Erzählungen keine einzige Partie seines Gesichtes erkennen konnte.

Es vergingen zahlreiche Minuten, glücklich schweigend, und erst als Alvaro anfing, die letzten Züge seiner Zigarre genießend, sich aufzurichten, gingen die Straßenlaternen an und ein grelles Licht fiel auf das Gesicht Alvaros. Brooks bemerkte, wie sich aus den einst rastlosen, entsetzlichen Ausdruck von Schmerz aufzeigenden Augen heitere und strahlende Augen entwickelt hatten, Augen, die an jenem Abend etwas Verschwiegenes offenbaren konnten. Brooks, am besten dazu befähigt, die Entwicklung dieser Augen zu beurteilen, hatte eigentlich noch viele Fragen zu stellen, doch als Alvaro versuchte, sich vom Bürgersteig zu erheben, sagte Brooks: >> Warum stehen Sie auf? Es ist viel zu früh! <<

>> Hörst du das auch? Diese hellen Töne? <<, fragte Alvaro lächelnd.

Brooks, verwirrt und verwundert, konnte außer dem sanften Wind, der die auf dem Boden liegenden Zeitungspapiere mit sich zog, nichts Weiteres hören. Nun begann etwas Seltsames. Nichts an diesem Zustand schien für ihn real, und er sah ein nahezu unbelebtes Wesen, das trotz seiner Geistlosigkeit lebendiger erschien als je zuvor.

>> Ich würde sagen, dass es sogar zu spät geworden ist. Ich habe den letzten Zug getätigt und außerdem passt es nicht zu meiner Person, Menschen warten zu lassen <<, sagte Alvaro lachend und mit heiterem Ton.

>> Der letzte Zug? <<, fragte Brooks mit rasendem Herzen.

Sie waren gemeinsam in einem Moment gefangen, der in seiner Flüchtigkeit und nach der Uhr bemessen unbeschreiblich kurz war, dennoch erschien dieses eine Gespräch für Brooks grenzenlos, da jenes Gespräch das letzte Gespräch war, das er in Havanna führen durfte.

Zwei Wesen im Gespräch, der eine übergab, akzeptierend und loslassend, und der andere empfing die Botschaft. Alvaro stand, die Zigarre mit seinem Fuß niedertretend, auf und ging, ohne jegliches Wort von sich gebend, fort. Als Brooks voller Aufregung seine Stimme zu erheben vermochte, drehte sich Alvaro, strahlend lächelnd, zu Brooks und sagte: >> Nach meinen endlosen

Nächten habe ich bemerkt, dass den schönsten Platz dieser Erde, für einen Mann meines Alters, nicht irgendeine Kulisse oder eine wunderschöne Landschaft darstellen kann, nein, der schönste Ort dieses kurzweiligen Besuchs ist der Platz in den Gebeten anderer. <<

Alvaro schien für einen flüchtigen Augenblick glücklich zu sein; er lächelte, ein Lächeln, das seiner eigenen Physiognomie seit längerer Zeit unbekannt war. Brooks schwieg, doch das Glück Alvaros vertiefte in Brooks dieses unbeschreibliche Bedauern.

>> Er sah mich an, als ob ich ein Traum sei, als könnte ich jeden Augenblick verschwinden <<, dachte Brooks.

Alvaros Präsenz war in diesem Moment ein Gruß und eine Verabschiedung zugleich. Er ähnelte einer Märchenfigur, die es geschafft hatte, mit einer zerbrochenen Wunderlampe sich den letzten Wunsch zu erfüllen. Er hatte keine Zeit und keinen Raum mehr.

Die Emotionen und die Momente flossen ineinander. Während Brooks wie versteinert und aufgebracht von jeglichen Emotionen dort stand, kehrte Alvaro Brooks den Rücken, bedankte sich bei ihm und ging mit solch zwanglosen und legeren Schritten fort, wie sie Brooks noch nie gesehen hatte; Alvaro ging in den Nebelschwaden Havannas verloren. Genau in diesem kleinen Atemzug, als Brooks sich zwingen wollte, den älteren Herren aus Havanna zu stoppen, brach in ihm ein Gefühl aus; eine pyramidale Empfindung, ein solches Gefühl, welches schwer in Worte zu fassen war; ein Gefühl von solchem Mitgefühl und Achtung, dass Brooks kein Recht mehr besaß, einen alten Mann, glückselig voranschreitend, zu stoppen. Obwohl Brooks' Seele von der Gewissheit und Vorstellung, dass dies Alvaros letzte Nacht sei, geprägt war und seine Seele bei jedem weiteren Schritt in weitere Teile zerfiel, konnte er nicht weinen. Ein sonderbares und überaus eigenartiges Gefühl bemächtigte sich Brooks' völlig.

Es war ihm, als ob er einem langersehnten Freund den letzten Wunsch erfüllte und dabei einen Teil seiner eigenen Geschichte verlor. Die Asche der Zigarre, unberührt auf den Boden geheftet, zerfiel bei jedem weiteren

Schritt wie Staub. Vergeblich suchte Brooks in der zerfallenden Asche, auf einen Funken hoffend, das letzte Gespräch mit Alvaro.

Seine Hoffnung auf einen kleinen Funken, um diesen Funken zu einer Flamme zu entzünden und nur noch einmal die Nähe und Behaglichkeit Alvaros zu spüren, ähnelte einem hoffnungslosen, bitteren Unterfangen.

Brooks hatte schon ein paar endlos lange Nächte während seines Lebens erlebt, die allein aus der bedrückenden Dunkelheit und den eigenen tiefgründigen Gedanken bestanden hatten. Die Sekunden vergingen so langsam, dass es schmerzte. Diese Nacht in Havanna sollte für Brooks die längste sein. Am nächsten Abend ging Brooks mit schnellen Schritten auf den gewohnten Platz zu. Unter dem heißen Himmel der wundervollen Stadt näherte sich Brooks, dem Abschied nicht ins Gesicht schauend, auf einen Lichtblick hoffend, dem Platz. Obwohl der Ort noch in weitester Ferne lag, sah Brooks, wie Zigarrenrauch, über der Straße hängend, in die Luft stieg und die wunderschöne Bläue des Äthers verhüllte und in sich vergrub. Es waren nur noch einzelne Schritte, bis Brooks endgültig sah, dass dies alles eine Täuschung war.

Diese Gefühlsbewegung und Täuschung zugleich erweckte in Brooks das Gefühl, dass er den Sinn für die Wahrhaftigkeit verloren habe, dass seine Phantasie niemals der Wahrheit entsprechen könne und dass er in dem Augenblick, in den Rauch schauend, zu einer Erkenntnis gekommen war. Aus dem sommerlichen Abend entwickelte sich ein melancholischer Abend, ein Abend ohne jeglichen Silberstreifen am Horizont, ein Abend, an dem eine unangenehme, schon fast bedauerliche Stille Brooks' Gedanken fasste und seine Gedanken entriss, ein Abend, dessen Düsterkeit die Intensität der schimmernden Tränen bestimmte, ein solcher Abend, an dem ein Mann aus London versuchte, sich von der peinvollen Wahrheit zu entfesseln, jedoch vergebens.

Es war ein trister Anblick, der diese Nacht voller Gram begleitete. Zu dem Zeitpunkt, als die Nacht anbrach und der azurne, von Sternen geschmückte Himmel in voller

Helle glänzte, erhob sich ein düsterer Nebel. Schlagartig spürte Brooks, wie es um ein Geringeres kälter wurde, sich feine Nebelschleier über die ganze Stadt ausspannten und wie sich aus dem Himmel voller Zirren eine Gewitterwolke entwickelte. Ein gewaltiger Regen überzog die Stadt. Es regnete immer heftiger, Regen, über sein Gesicht rinnend, der selbst die Amseln, zwitschernd und trillernd, deren Balzgesang grundsätzlich einen Hauch von Angenehmem und Wohligem gab, dazu zwang, an jenem dunklen Abend elegische Töne von sich zu geben. Es schien, als ob Brooks nicht der Einzige war, dessen Tränen in den Augen schimmerten. Es schien, als ob der Himmel und die Amseln, sein Gemüt widerspiegelnd, verstanden hatten, dass in Brooks an diesem Abend ein Teil seiner eigenen Geschichte zu Asche wurde.

Letztmalig sah Brooks diesen wundervollen, mit silbernen Sternen besetzten Himmel, der gerade in dieser Nacht mit verschiedensten Edelsteinen besetzt war. Im prächtigen und idyllischen Havanna versank ein Mann

aus London in dem wogenden grauen, dem Zigarrenrauch eines alten Bekannten ähnelnden Nebel Havannas.
Die Entfernung nahm allmählich zu; früher waren es
Meter, wohl belebte Straßen, Gefilde, Städte, Länder und
der Zigarrenrauch, der sie trennte, doch nun war Alvaro
entfernter, als man es jemals beschreiben konnte. Jene
flüchtige Bekanntschaft machte dem Mann aus London
bewusst, dass das Leben ebenso kurzzeitig sein kann wie
das Anzünden und Ausbrennen einer Zigarre.

Zeitfracht Medien GmbH
Ferdinand-Jühlke-Straße 7
99095 Erfurt, Deutschland
produktsicherheit@kolibri360.de